GW00633367

Werner Färber

Geschichten vom kleinen Indianer

Illustrationen von Gabi Selbach

Der Umwelt zuliebe ist dieses Buch
auf chlorfrei gebleichtem Papier gedruckt.

ISBN 3-7855-3868-5 – 2. Auflage 2002

In anderer Ausstattung bereits 1999 beim Verlag erschienen.
Umschlagillustration: Gabi Selbach
Reihengestaltung: Angelika Stubner

www.loewe-verlag.de

Inhalt

Winnotamis erste Feder

„Heute sollst du dir deine

erste verdienen“, sagt der

große  zu Winnotami.

Er zählt auf, was der kleine 

dafür tun muss:

„Erst schleichst du leise wie

eine  durch den .

Dann schwimmst du schnell

durch den reißenden  .

Drüben machst du ein  .

Mit einem einzigen  schießt

du einen  vom  .

Wenn du den  über dem 

gebraten hast, überreiche ich dir

deine erste  ."

Winnotami schleicht lautlos von 

zu  . Auf  und 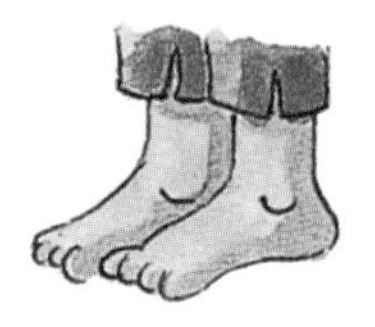

kriecht er durch die 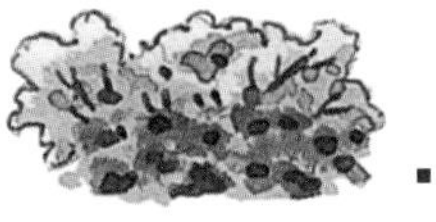 .

Schon ist er am  .

Er taucht bis zum großen  .

Dort atmet er tief durch. Flink wie

ein  schwimmt er weiter.

Als er drüben ist, sammelt

Winnotami trockene .

Geschickt dreht er einen  hin

und her. Es knistert und knackt.

Jetzt noch ein paar  drauf,

und schon flackert das .

Winnotami nimmt einen  ,

spannt den  und zielt

sorgfältig auf den  .

Der saust mittendurch.

Doch der  bleibt am 

hängen. Winnotami überlegt, ob er

wohl am  schütteln darf.

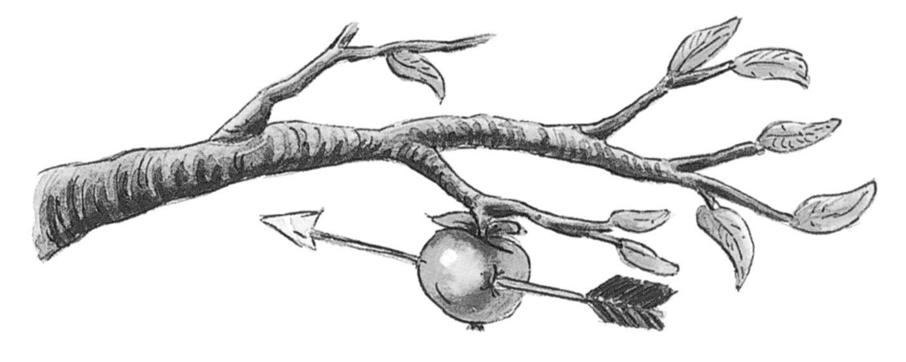

Verboten hat es der 

jedenfalls nicht. Aber da plumpst

der  auch schon ins .

Winnotami hat es geschafft.

Stolz nimmt er vom 

seine erste  entgegen.

Rauchzeichen

Winnotami streift umher und

sammelt 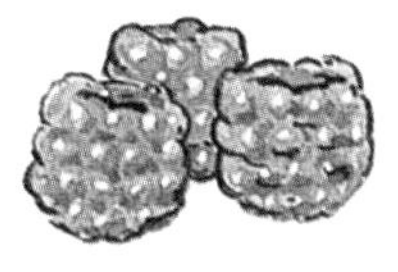 . Über dem

 sieht er plötzlich eine

schwarze  aufsteigen.

Gleich darauf noch eine. Der

kleine  zählt drei kleine

 , dann eine große.

Und danach wieder zwei kleine.

Das bedeutet, dass 

unterwegs sind! Winnotami rennt

los. Er will zum .

„Hinter dem großen  ziehen

 vorüber!“, ruft er schon

von weitem. „Hast du sie gesehen?“,

fragt der . „Nein, aber

jemand hat drei kleine, eine große

und zwei kleine  aufsteigen

lassen“, antwortet Winnotami.

Sofort schickt der

ein paar  los.

Sie sollen den 

entgegenreiten. Er selbst

schleicht sich mit Winnotami

und den übrigen 

über den  heran.

Oben legen sie sich flach ins .

Sie blicken hinunter ins .

Kein  weit und breit.

Nur die  der 

sind zu sehen.

Endlich kommen die anderen

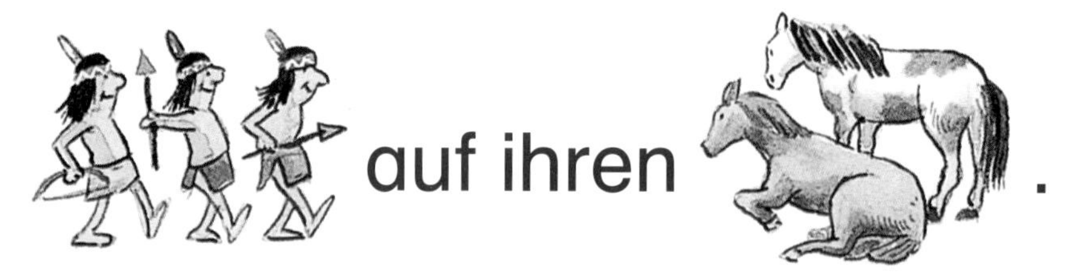 auf ihren .

Auch ihnen ist kein einziger

 begegnet. „Und du hast

diese  mit eigenen 

gesehen?“, fragt der

den kleinen 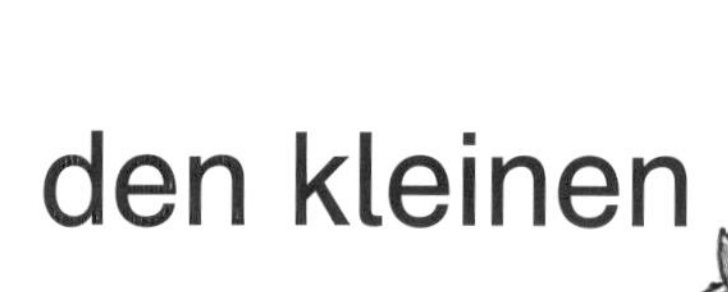  . Winnotami

nickt. Da kommt schnaubend

eine  daher.

Mal stößt sie kleine, mal stößt

sie größere  aus.

Der  lacht. „Winnotami,

du hast die  einer

 gelesen."

Der Regentanz

Das  ist gelb. Der 

ist ausgetrocknet. Es hat lange

nicht geregnet. Die alten 

beraten sich im großen  .

Endlich kommt der 

heraus. „Schmückt und kleidet

euch festlich“, sagt er.

„Sobald der  über

den steht, wollen wir

die fröhlich stimmen und

tanzen!“, verkündet der .

Der kleine  bemalt sein

 . Er legt alle seine

prächtigen  um. Seine

schwarzen  flicht er zu einem

dicken  . Zuletzt steckt er sich

feierlich die  an den .

Als die ersten  funkeln und

der  immer höher steigt,

wird ein großes 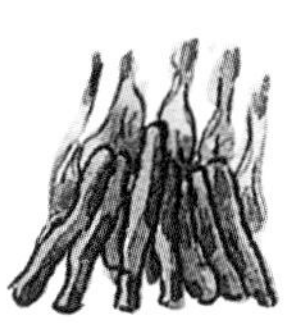 entzündet.

Die alten  singen und

tanzen. Sie haben sich verkleidet.

Einer ist ein , der andere ein

, der nächste ein 

und noch ein anderer ein stolzer

. Winnotami und die anderen

jungen  schauen zu.

Sie müssen warten, bis der 

sie auffordert mitzumachen.

Dann tanzen auch sie unermüdlich

ums 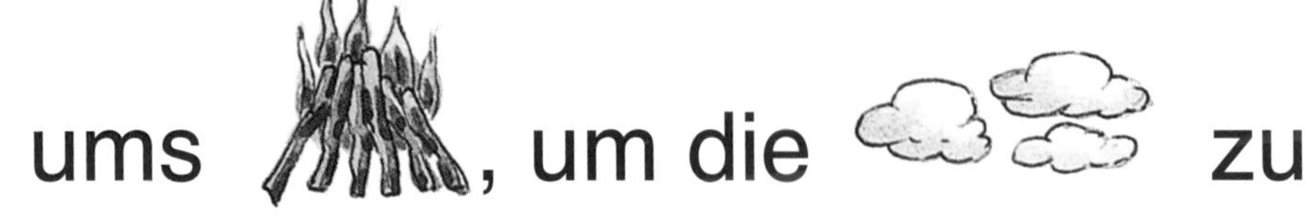, um die  zu

beschwören. Doch als die 

wieder aufgeht, ist noch immer

keine  zu sehen. Enttäuscht

gehen die  in ihre .

Auch Winnotami wickelt sich in

seine 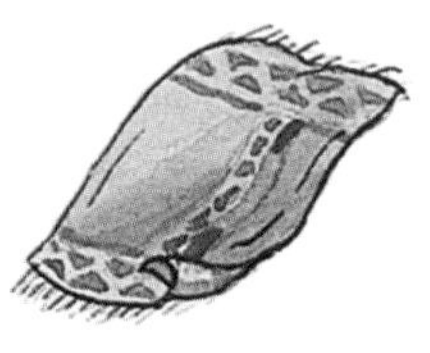 und legt sich nieder.

Plötzlich macht es „tock“.

Träumt der kleine  ? Nein,

schon wieder klopft es aufs .

Immer schneller: „tock, tock, tock“.

Winnotami geht vors  .

Schwere prasseln aus

dicken, schwarzen  nieder.

Jubelnd beginnen die 

erneut zu singen und zu tanzen.

Die haben doch noch

den  zu ihnen gefunden.

Ein Pferd für Winnotami

Der kleine  hört etwas

fauchen. Gleich darauf wiehert

ein  . Vorsichtig schaut

Winnotami hinter die  .

Dort steht ein prächtiges,

schwarzes  . Es wird von

einem  bedroht.

Angstvoll legt es die  an.

Mutig tritt Winnotami hervor.

„Heh!“, ruft der kleine .

„Verschwinde!“ Der 

faucht und zeigt die 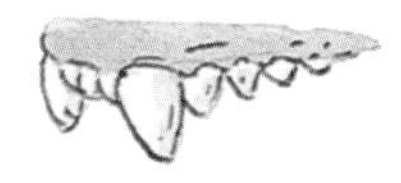 .

Aber dann macht er sich davon.

Das  ist an einem 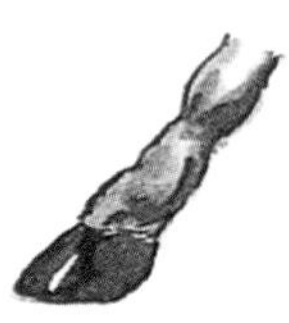
verletzt. „Ganz ruhig“, sagt der
kleine . Vorsichtig legt er
dem  sein  um.

„Ich pflege dich gesund.“

Langsam führt Winnotami das

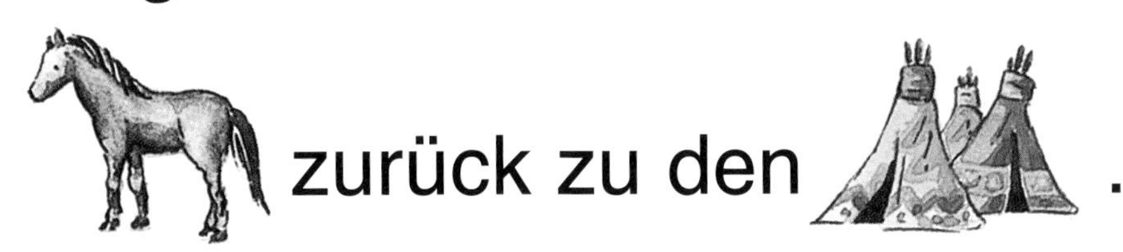

zurück zu den .

Unterwegs pflückt er heilende

von einem .

Winnotami weiß, dass sie

dem  gut tun werden.

Er zerstampft die  in

einem  . Mit einem 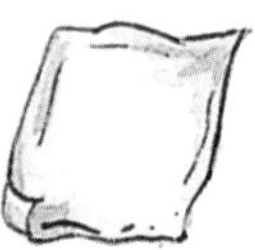 bindet

er sie fest um das verletzte  .

Täglich erneuert Winnotami

den  . Bald grast das 

friedlich bei den anderen  .

„Darf ich dich reiten?“, fragt der

kleine , als es wieder

gesund ist. Wiehernd hebt

das  den  . Winnotami

hält sich an der  fest.

Ganz ohne 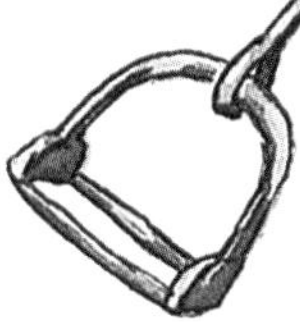 und 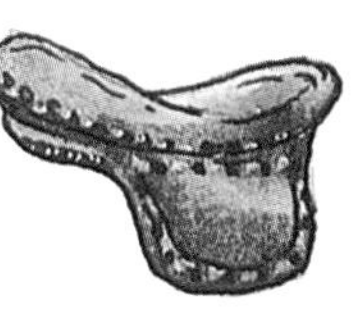

schwingt er sich hinauf.

Ruck, zuck!, sitzt er wieder im .

Das  bockt wie eine

verrückt gewordene .

Aber Winnotami gibt nicht auf.

Ganz allmählich gewöhnt sich

das wilde daran, dass

der kleine auf ihm reitet.

Und weil es so schnell ist, nennt

Winnotami sein  Wirbelwind.

Die Wörter zu den Bildern:

	Stock		Schienen
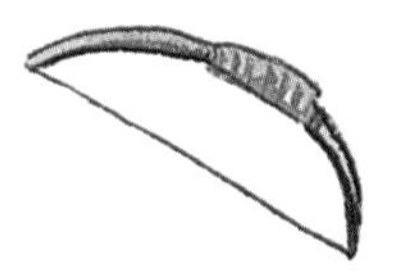	Bogen		Eisenbahn
	Ast		Pferde
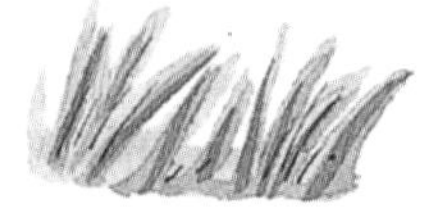	Gras		Augen
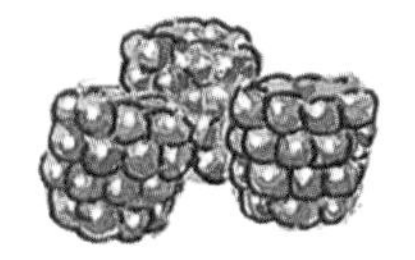	Beeren		Lokomotive
	Berg		Zelt
	Wolke		Mond
	Büffel		Gesicht
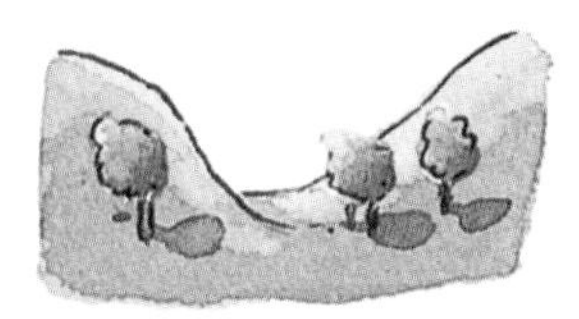	Tal		Ketten

 Haare

 Zopf

 Kopf

 Sterne

 Bär

 Wolf

 Adler

 Sonne

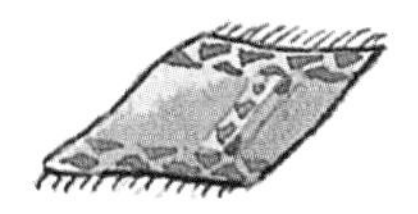 Decke

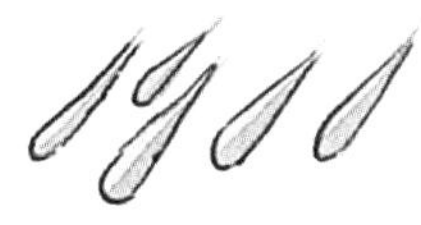 Tropfen

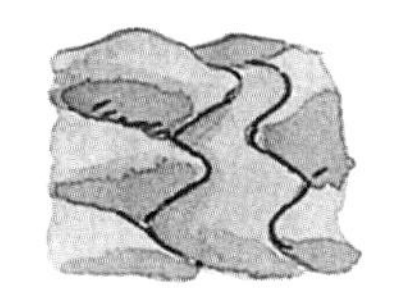 Weg

 Puma

 Ohren

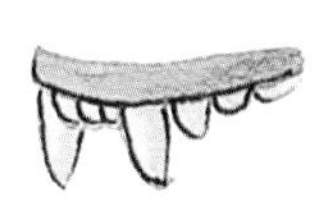 Zähne

 Bein

 Lasso

 Eimer

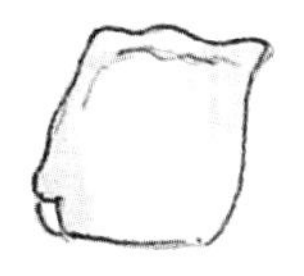 Tuch

 Verband

 Steigbügel

 Kopf

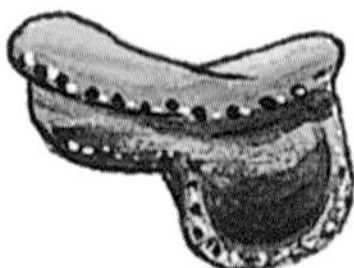 Sattel

 Mähne

 Ziege

Werner Färber wurde 1957 in Wassertrüdingen geboren. Er studierte Anglistik und Sport in Freiburg und Hamburg und unterrichtete anschließend an einer Schule in Schottland. Seit 1985 arbeitet er als freier Übersetzer und schreibt Kinderbücher. Mehr über den Autor unter: **www.wernerfaerber.de**

Gabi Selbach wurde 1964 in Troisdorf geboren. Sie studierte Grafik-Design in Köln und illustriert seit mehreren Jahren Kinderbücher und Kalender. Außerdem zeichnet sie Bildergeschichten für die „Sendung mit der Maus“.

Bildermaus-Geschichten von der Dachbodenbande
Bildermaus-Geschichten vom Fußballplatz
Bildermaus-Geschichten vom kleinen Feuerwehrmann
Bildermaus-Geschichten von der kleinen Hexe
Bildermaus-Geschichten vom kleinen Pony
Bildermaus-Geschichten von der netten Krankenschwester
Bildermaus-Geschichten vom kleinen Pinguin
Bildermaus-Geschichten aus der Schule
Bildermaus-Geschichten von der Uhr
Bildermaus-Geschichten vom kleinen Weihnachtsmann